AF586895

MANDEMENT

DE MONSEIGNEUR L'ÉVESQUE DE SOISSONS,

Pour le Jubilé universel accordé par N. S. P. le Pape CLEMENT XIII, au commencement de son Pontificat.

A SOISSONS,

Chez P. COURTOIS, Imprimeur de Monseigneur l'Evêque,
Et à PARIS,
DESPILLY, Libraire, rue S. Jacques, Cour de la vieille Poste.

M. DCC. LIX.

AVEC PRIVILEGE DU ROI.

MANDEMENT
DE MONSEIGNEUR
L'ÉVÊQUE DE SOISSONS,

POUR le Jubilé universel accordé par N. S. P. le Pape CLEMENT XIII, au commencement de son Pontificat.

FRANÇOIS, DUC DE FITZ-JAMES, PAIR DE FRANCE, par la miséricorde Divine Evêque de Soissons, Doyen & Premier Suffragant de la Province de Reims, &c. Au Clergé Séculier & Régulier, & à tous les Fideles de notre Diocese, SALUT ET BENEDICTION EN NOTRE SEIGNEUR JESUS-CHRIST.

Nous vous annonçons, Mes très-chers Freres, l'Indulgence en forme de Jubilé universel que notre

Saint Pere le Pape CLEMENT XIII accorde indiſtinctement à tous les Fideles au commencement de ſon Pontificat, dans la vûe d'attirer par les ſuffrages de toute la chrétienté le ſecours de Dieu ſur ſa Perſonne, & de rendre *ſon Gouvernement ſalutaire à la Sainte Egliſe Catholique.*

Nous avions déja reſſenti nous-mêmes les premiers effets de ſa ſollicitude & de ſa charité paſtorale dans la Lettre circulaire qu'il Nous a adreſſée, ainſi qu'à tous nos Collegues dans l'Epiſcopat : Lettre apoſtolique dans laquelle éclatent également la lumiere de ſa ſcience, l'ardeur de ſon zele, & ſon amour tendre pour l'Egliſe : Lettre vraiment paternelle, où en ſa qualité de premier Vicaire de Jeſus-Chriſt, il nous donne des avertiſſemens pleins de ſageſſe pour conduire ſaintement le troupeau ſur lequel le Saint-Eſprit nous a établis Evêques, & pour gouverner l'Egliſe de Dieu que J C. a acquiſe au prix de ſon ſang : & nous avons reçu avec autant de vénération que de reconnoiſſance ce précieux monument de ſa piété.

Le Saint Pere, à la tête des Avis contenus dans cette excellente Lettre, Nous recommande ſpécialement le devoir de conſerver l'unité de l'eſprit par le lien de la paix ; par où il nous fait comprendre à quel point il eſt éclairé ſur nos maux & ſenſible à nos beſoins : il veut que notre charité faſſe tous ſes efforts pour déraciner des cœurs des Fideles juſqu'aux moindres ſemences de toute eſpece de diviſions, & que nous ne négligions aucun des moyens de cimenter entre eux la paix & l'union, afin que ceux qui portent le nom de Catholiques ſoient parfaitement unis dans un même eſprit & un même ſenti-

conformer exactement aux Regles qui y sont établies; Nous les conjurons seulement, & tous nos Diocesains, de se souvenir, que pour participer à la grace du Jubilé, & pour en recueillir le fruit, il ne suffit pas de visiter quelques Eglises & de s'approcher des sacremens de Pénitence & d'Eucharistie; le tout est de s'en approcher dignement & suivant les saintes Regles. Que les pécheurs qui sont encore dans les liens du péché sachent qu'ils ne peuvent prétendre à l'Indulgence de l'Eglise, qu'autant qu'ils se convertiront sincerement, c'est-à-dire, qu'ils changeront réellement de cœur, d'affections & de conduite; & que renonçant à l'amour & au mépris du péché, ils commenceront à aimer Dieu comme source de toute justice, & à donner la préférence au souverain bien sur tous les biens visibles & passagers. C'est à des Confesseurs éclairés, prudens & charitables à juger & à s'assurer de leurs vraies dispositions par une épreuve suffisante.

Laissant donc ces premieres Instructions qu'on donne à ceux qui ne font que commencer à croire en J. C. & sans nous arrêter à jetter de nouveau les fondemens de la Pénitence qu'on doit faire des œuvres mortes, tournons nos regards, M. T. C. F. vers les grands objets qui ont occupé N. S. P. le Pape, & dont il tire de puissans motifs pour engager tous les Fideles à s'unir & à former une sainte conspiration, pour appaiser Dieu par de ferventes prieres, par de dignes fruits de pénitence, & par des œuvres de charité; afin qu'après s'être mis en colere contre nous, il daigne se ressouvenir de sa miséricorde. Du lieu éminent où la Providence & les vœux de tous les gens de bien l'ont placé, N. S. P. Clement XIII, comme

dont tout le but est de tendre des pieges à la foi des simples & à la vaine curiosité des imprudens. Une foule d'Ecrivains pervers qu'on a trop négligé de réprimer dans les commencemens, semble avoir conspiré pour abolir entierement parmi nous, s'il étoit possible, la Religion & les bonnes mœurs, pour anéantir la distinction du vrai & du faux, du bien & du mal, du juste & de l'injuste, & pour arracher du cœur de tous les hommes jusqu'aux premiers principes de la loi naturelle que le Créateur y a profondement gravés.

Que dirons-nous de la cause d'un si grand désordre, M. T. C. F. ? En faut-il chercher la source ailleurs que dans le déréglement des mœurs de ces nouveaux maîtres & de ceux qui ont le malheur de les écouter ? & ce déréglement des mœurs lui-même n'est-il pas le juste châtiment de l'abus & du mépris de la vérité ? Car tel est l'ordre que la divine Sagesse, qui a créé la lumiere, met dans les ténebres mêmes, pour punir l'ingratitude & l'orgueil des hommes qui résistent à la vérité. Insensés qu'ils sont, après avoir renoncé à l'espérance des biens célestes, croyant pouvoir jouir avec sécurité des biens présens & du funeste plaisir qu'ils trouvent dans le péché, ils sont assez aveugles pour mettre leur intérêt à étouffer leurs remords, & à éteindre en eux toute crainte des jugemens de Dieu, & des châtimens de la vie future. Loin de vous, M. T. C. F. ces pestes publiques. Ce seroit peu de les éviter : fuyez-les avec horreur. Veillez scrupuleusement à la garde du trésor de votre foi & de votre innocence. Craignez tout ce qui peut l'exposer. N'accordez rien à la témérité, ni à une curiosité indiscrette. Ayez toujours présent l'avis du grand Apôtre : *Les mauvais*

entretiens

entretiens corrompent les bonnes mœurs. Si les paroles ont un effet si funeste, combien sont encore plus à craindre les livres qui ne passent point, & qui laissent tout le temps de se pénétrer de leur venin ? Il en exhale toujours une odeur infecte & contagieuse, qui produit souvent les plus pernicieuses impressions sans qu'on s'en apperçoive, & qui portent quelquefois d'un seul trait le coup mortel jusques dans le fond du cœur.

Mais qui sont donc ces nouveaux venus, ces hommes d'un jour, qui insultant à la foi des siecles & des peuples, ont l'audace de traiter de chimeres & de petitesses ce qui jusqu'à présent a été le plus inviolablement respecté, & ce qui a eu, selon l'expression de S. Augustin, le sceau du consentement des nations ? Par quelle nouvelle lumiere croyent-ils pouvoir anéantir ce que les plus grands hommes, les génies les plus sublimes & les plus savans ont regardé universellement comme le chef-d'œuvre de la sagesse divine, comme la loi irréfragable de notre créance, de nos sentimens & de nos mœurs ? Quelles découvertes récentes peuvent être capables d'ébranler la certitude de la Foi, & l'immobilité de l'espérance dans laquelle la grace de l'Evangile fixe invariablement ceux qui ont le bonheur de le connoître & de le pratiquer ! *In fide fundati & immobiles à spe Evangelii ?*

A juger de ces Ecrivains téméraires par le tour hardi & décisif qu'ils prennent, & par le mépris qu'ils témoignent pour tout ce qui n'entre pas dans leurs pensées, il ne tiendroit point à eux qu'on ne crût, que c'est après avoir blanchi sur les livres, & avoir fait une étude approfondie de la Religion, de la Philosophie, de la Métaphysique, de la Nature, & des principes de tou-

ſe laiſſer ſéduire par de ſi miſérables productions ; ces prétendus eſprits forts ſont les plus foibles & les plus petits de tous les hommes en fait de raiſonnement. N'en ſoyons pas ſurpris. Quiconque eſt aſſez inſenſé pour s'imaginer avoir trouvé quelque choſe de plus ſage & de plus ſalutaire que l'Evangile, ne peut être qu'un ignorant préſomptueux, *ſuperbus eſt nihil ſciens*, ou comme dit Saint Auguſtin, un petit eſprit enflé d'orgueil, *ſuperba animula*, qui ne mérite pas qu'on perde ſon temps & ſa peine à le réfuter ſérieuſement.

De tous les mauvais Livres de ce genre qui ont été répandus avec profuſion dans ces derniers temps, il n'en eſt point qui contienne des impiétés plus révoltantes que celui qui a pour titre : *De l'Eſprit*, & que notre Saint Pere le Pape a cru devoir proſcrire nommément. Cet ouvrage, de même que les autres, n'a ni principes ni raiſonnemens ſuivis. Il ne paroît même fait que pour tout détruire ſans rien établir ; & ce n'eſt dans la vérité qu'une compilation ſans ordre & un monſtrueux amas de toutes les impiétés & obſcénités que l'Auteur a lûes, ou entendu dire à d'autres. Mais il a ce caractere particulier qui le diſtingue de tous les ouvrages de ſes ſemblables, qu'il admet ſans retenue & ſans pudeur les conſéquences les plus affreuſes qui réſultent du Déiſme pour l'abolition entiere non-ſeulement de toute religion, mais de toute morale, & de tout principe d'honnêteté & de ſûreté publique. En quoi il faut avouer qu'il eſt plus ſincere & plus conſéquent que les autres. En effet, ſi l'homme n'eſt qu'une matiere brute, ou une machine organiſée qui ſe détruit à la mort, ſans qu'il reſte rien de lui après la diſſolution de ſon corps : s'il n'y a ni Providence ni vie future où les bons ſoient récompenſés & les méchans punis : les principes de la loi naturelle, les regles des mœurs & celles de la ſociété ne ſont plus que de chimeres & des fables. Nos prétendus beaux eſprits le ſentent bien ; mais ils n'oſent l'avouer dans la crainte de s'attirer l'indignation publique. Ils affectent au contraire de ſe parer d'une morale exacte, d'une probité ſévere, & d'un amour de jalouſie pour le bien de la ſociété. Ils ſauront mauvais gré ſans doute à l'Auteur *De l'Eſprit* d'avoir révélé les myſteres ſecrets de la Secte.

Pour nous, Mes très-chers Freres, nous en tenant aux rétractations que l'Auteur a données de ſon malheureux ouvrage, nous aimons à nous perſuader que ſi une ſorte de phrénéſie l'a tiré de ſon aſſiete naturelle pour lui faire écrire de ſi grandes abominations, revenu depuis de ſon yvreſſe, il rougit maintenant, & eſt lui-même étonné des abſurdités auxquelles il a eu le malheur de ſe laiſſer emporter. Dieu ſans doute n'aura permis que cet Ecrivain tombât dans de ſi affreux égaremens, & dévoilât à l'univers toute la turpitude des ſyſtémes de l'incrédulité, que pour en donner une juſte horreur à tous ceux à qui il reſte encore quelque étincelle de lumiere & de ſens droit. Voilà donc ce que la folie de notre ſiecle appelle des hommes de génie, des hommes à talens, de puiſſans docteurs ſuſcités par la raiſon, pour éclairer les peuples, pour les délivrer de leurs préjugés, & pour les conduire au vrai par les principes d'une ſage légiſlation. Le réſultat de tous les efforts d'eſprit de ces grands modérateurs du genre humain, eſt de mettre l'homme au niveau des bêtes. Comme ils remarquent que la plusſpart des hommes leur reſſemblent, & qu'ils ſont comme elles enſevelis dans la matiere & dans les ſens; ils ne trouvent point d'autre dénouement pour expliquer cet humiliant phénoméne, que celui de conclure que l'homme n'eſt que matiere, & qu'il n'exiſte point d'eſprits.

Aveugles, ouvrez les yeux au flambeau de la foi: elle vous découvrira la vraie cauſe de cet abbaiſſement de la nature humaine, & du déſordre qui eſt ſurvenu en elle. Vous prenez la dégradation & la maladie de l'homme pour ſon état naturel: voilà votre erreur, & le principe de tous vos égaremens. Apprenez de nouveau ce que vous ſaviez autrefois avec nous, & ce que la vanité de vos penſées & la corruption de votre cœur vous ont fait oublier. Dieu a créé l'homme parfait, ſaint, droit, immortel, *inexterminabilem*. Le péché par lequel il s'eſt détourné de ſa fin derniere pour s'attacher à lui-même, l'a fait décheoir de cet état de grandeur & de félicité; & toute ſa poſtérité condamnée dans ſa perſonne naît vraiment coupable de ſon péché, qui a des ſuites funeſtes pour elle, & qui l'a détériorée tant dans l'ame que dans le corps.

Mais le péché originel choque la raiſon de ces nouveaux philoſophes, & leur paroît tout à la fois une grande folie & une extrême injuſtice. C'eſt la pierre contre laquelle ils ſe ſont malheureuſement briſés. Que de ſages Payens du moins leur faſſent honte de leur aveuglement volontaire, & de l'étrange abus qu'ils font de leur raiſon. Un Pytagore réflêchiſſant ſur la miſere préſente de l'homme, ſur les contrarietés de ſa nature, & recherchant par la ſeule lumiere naturelle la cause de cet étonnant effet, a conclu que ce ne pouvoit pas être là l'état primitif de l'homme, & que nous ne naissions tels qu'en punition de quelque délit précédent. Ce qui lui a fait imaginer la métempsicose, ou le passage successif des ames, qu'il suppose immortelles, en différens corps.

Ces philosophes étoient-ils suffisamment éclairés, & avoient-ils atteint toute la substance du vrai ? Non sans doute, & il s'en falloit de beaucoup. Mais du moins en approchoient-ils. Ils faisoient plus : Ils en tiroient quelquefois des conséquences pour porter les hommes à la vertu ; & par cet endroit on ne peut disconvenir qu'ils ne fussent estimables. Au lieu que nos nouveaux philosophes, qui par une grace insigne avoient reçu la foi dans leur baptême, & en qui elle avoit été nourrie par l'instruction dès qu'ils en avoient été capables, ont porté la dépravation jusqu'à méconnoître la noblesse de leur nature, pour lui préférer la condition & la vie de bêtes, contens de périr comme elles, & d'avoir éternellement le même sort.

Ecoutez, leur dirons-nous, un des plus beaux esprits du dernier siecle, & l'un des plus redoutables adversaires de l'incrédulité. « Les grandeurs & les miseres „ de l'homme, disoit ce vrai Philosophe, ce Chrétien „ si soumis au joug raisonnable de la foi, sont telle„ment visibles, qu'il faut nécessairement que la véri„table Religion nous enseigne qu'il y a en lui quel„que grand principe de grandeur, & en même temps „ quelque grand principe de misere. Car il faut que la „ véritable Religion connoisse à fond notre nature, „ c'est-à-dire, qu'elle connoisse tout ce qu'elle a de

„ grand, & tout ce qu'elle a de misérable, & la raison „ de l'un & de l'autre. Il faut qu'elle nous rende rai- „ son des étonnantes contrariétés qui s'y rencontrent. „ Il faut qu'elle nous apprenne que nous sommes pleins „ de ténebres & d'injustice, & qu'elle nous rende rai- „ son de l'opposition que nous avons à Dieu & à notre „ propre bien. Il faut qu'elle nous en enseigne les re- „ medes, & les moyens d'obtenir ces remedes. Qu'on „ examine sur cela toutes les religions du monde, & „ que l'on voye s'il y en a une autre que la chrétienne „ qui y satisfasse. . . . . Voilà l'état où les hommes „ sont aujourd'hui. Il leur reste quelque instinct puis- „ sant du bonheur de leur premiere nature ; & ils sont „ plongés dans les miseres de leur aveuglement & de „ leur concupiscence, qui est devenue leur seconde na- „ ture. . . . . Certainement rien ne nous heurte plus „ rudement que la doctrine de la transmission du pé- „ ché originel ; & cependant sans ce mystere le plus „ incompréhensible de tous, nous sommes incompré- „ hensibles à nous-mêmes. Le nœud de notre condi- „ tion prend ses retours & ses plis dans cet abyme ; de „ sorte que l'homme est plus inconcevable sans ce mys- „ tere, que ce mystere n'est inconcevable à l'hom- „ me. . . . . Pour moi, conclud cet Auteur qui pen- „ soit si dignement de la Religion, j'avoue qu'aussi- „ tôt que la Religion chrétienne découvre ce princi- „ pe, que la nature des hommes est corrompue & „ déchûe de Dieu, cela ouvre les yeux à voir par tout „ le caractere de cette vérité. Car la nature est telle, „ qu'elle marque par tout un Dieu perdu, & dans l'hom- „ me & hors de l'homme. »

Telle eſt la philoſophie des enfans de l'Egliſe, Mes très-chers Freres, & la ſeule qui ſoit vraiment digne de ce nom. *Dieu qui a fait le monde, & tout ce qui eſt dans le monde*, nous dit Saint Paul, *a fait naître d'un ſeul toute la race des hommes pour habiter la terre, afin qu'ils le cherchaſſent & qu'ils tâchaſſent de le trouver comme avec la main & à tâtons, quoiqu'il ne ſoit pas loin de nous; puiſque c'eſt en lui que nous avons la vie, le mouvement & l'être.* Mais les hommes, ceux même d'entr'eux qui paſſoient pour les plus ſages, & qui dans la vûe de parvenir à la béatitude, ſe ſont le plus appliqués à cette recherche, y ont rencontré une infinité d'obſtacles, d'incertitudes & d'écueils, qui ſont inévitables à tous ceux qui s'engagent dans cette carriere, ſans y être guidés par une autorité divine. C'eſt la belle réfléxion que fait Saint Auguſtin ſur les philoſophes du Paganiſme: *Quid agit, aut quò, vel quà, ut ad beatitudinem perveniatur, humana ſe porrigit infelicitas, ſi divina non ducit autoritas?* La Révélation ſeule pouvoit apprendre à l'homme, non ſeulement à connoître Dieu, comme il veut être connu, pour l'être utilement; mais à ſe connoître ſoi-même, ſa deſtination, ſes devoirs, ſa derniere fin, le bonheur de ſon premier état, la diſgrace dans laquelle il étoit tombé, l'impuiſſance de ſe relever de ſa chûte par ſes propres forces, la néceſſité d'un Médiateur qui fût tout enſemble Dieu & homme pour opérer ſa réconciliation. Ce ſont là les principaux objets de cette Révélation qui étoit ſi néceſſaire à l'homme, & que rien ne pouvoit ſuppléer. Dieu qui ne la devoit qu'à ſa miſéricorde & à ſes promeſſes, a choiſi les temps, les lieux, les hommes, les peuples

De Civit. Dei, Lib. 18, c. 41.

ples & les moyens qu'il lui a plu pour se communiquer.

Or c'est par la prédication des Apôtres que s'est faite la grande communication de ces vérités salutaires ; comme c'est par l'enseignement de l'Eglise chrétienne qu'elle s'est continuée, & qu'elle se perpétuera jusqu'à la fin des siecles. « Nous avons donc, disoit Tertullien, „ pour auteurs & pour maîtres les Apôtres, qui n'ont „ rien inventé en suivant leur propre esprit, mais qui „ ont fidélement transmis aux Nations la Doctrine „ qu'ils avoient reçue de Jesus-Christ. La sagesse hu„ maine des Philosophes promettoit avec ostenta„ tion la vérité, & elle étoit plus propre à la rui„ ner qu'à l'établir. Mais qu'a de commun Athènes „ avec Jérusalem ? L'Ecole académique avec l'Eglise ? „ Notre Doctrine vient (non des portiques de la „ Grèce ou de Rome) mais du portique de Salomon, „ qui nous a appris que le Seigneur veut être cher„ ché dans la simplicité du cœur. Ainsi nous n'avons „ plus besoin d'être curieux dès que nous avons trou„ vé Jesus-Christ, ni de chercher encore après l'Evan„ gile. *Curiositate nobis opus non est post Christum Jesum,* „ *nec inquisitione post Evangelium.* »

En vain les Incrédules voudroient-ils vous étonner par une multitude d'objections qu'ils ne cessent d'opposer aux mysteres de notre Religion sainte. Méprisez, Mes très-chers Freres, ces difficultés frivoles. La Religion qui propose des mysteres à votre foi, ne vous promet pas de vous les faire comprendre ; & ils ne seroient pas des mysteres, s'ils n'étoient incompréhensibles. Est-il surprenant que la nature de Dieu, dont la profondeur eſt infinie, que ſa puiſſance, ſa juſtice, ſa bonté, & tous ſes autres attributs ſurpaſſent la capacité de l'eſprit humain, qui ſe trouve arrêté dans l'explication des moindres effets de la nature, & qui rencontre des obſcurités impénétrables dans les ſciences mêmes où l'on ſe pique de porter les vérités juſqu'à la démonſtration ? Mais de quel front les Incrédules oſent-ils nous reprocher l'obſcurité de nos myſteres, eux qui ſont contraints de dévorer les abſurdités les plus révoltantes dans les ſyſtemes de caprice qu'ils inventent tous les jours ? Pour nous, Mes très-chers Freres, nous n'héſitons pas à croire de Dieu ce qu'il nous enſeigne de lui-même, parce que nous ſommes aſſurés qu'il ne peut ni ſe tromper, ni nous induire en erreur. Nous croyons des choſes que nous ne pouvons comprendre, parce que Dieu a parlé, & nous avons une certitude que Dieu a parlé, la plus grande dont un fait ſoit ſuſceptible. Car les preuves qui établiſſent la divinité de la Révélation, demeureront toujours victorieuſes des vains efforts des Incrédules ; & nous oſons ſur ce point, qui établit tous les autres, les défier de nous oppoſer aucune objection raiſonnable. Reconnoiſſons donc de bonne foi les bornes étroites de l'eſprit humain : mais que cet humble aveu nous porte à ſaiſir avec plus d'ardeur & de reconnoiſſance la lumiere qui brille au milieu des épaiſſes ténebres dont nous ſommes environnés : *Attendentes lucernæ ardenti in caliginoſo loco, donec dies eluceſcat.* L'Evangile eſt une voie abrégée, que Dieu a donnée aux hommes dans ſa miſéricorde, pour connoître tout ce qu'il leur importe de ſavoir ; & la divine Providence l'a telle-

Seconde Epître de S. Pierre, 1, 19.

ment mise à la portée de tous, qu'en même temps qu'elle est proportionnée à la capacité des plus simples, elle renferme de quoi satisfaire les génies les plus sublimes.

Rendez graces à la divine miséricorde, Mes très-chers Freres, de vous avoir fait naître, & plus encore de vous avoir affermis d'une maniere inébranlable dans une Religion si digne de soumettre tous les esprits, & d'attacher tous les cœurs : Religion grande dans son objet, auguste dans ses mysteres, sainte & souverainement raisonnable dans sa morale, admirable dans ses effets, aussi sage que puissante dans ses moyens, douce & aimable dans son culte, pleine de consolation dans sa fin, & la source du vrai bonheur de l'homme. C'est en elle seule qu'on trouve la vraye sagesse, la raison de toutes choses, l'éclaircissement de tous les doutes, la solution de toutes les difficultés. Qu'elle est majestueuse cette sainte Religion par tous les caracteres de divinité qui brillent en elle ! Qu'elle est vénérable par son antiquité, qui remonte jusqu'à l'origine même des choses ! Qu'elle est unique & incomparable dans sa perpétuité ! Elle voit tous les siecles s'écouler devant elle, tous les établissemens humains périr ; & elle seule subsiste toujours la même, pour aller se perdre & se confondre en Dieu dans l'éternité, semblable à ces grands fleuves qui ne changent point de nom, & dont le cours visible & non interrompu porte majestueusement leurs eaux jusqu'à la mer, de laquelle ils les ont primordialement reçues par des canaux secrets & invisibles. Qu'elle est certaine cette divine Religion, & d'une force insurmontable par les preuves de tout genre qui en démontrent la vérité ! Les miracles de Moyse & de Jesus-Christ, qui ont une même fin, & qui se prêtent un appui mutuel ; tout le corps des Prophéties, justifié par les événemens ; le concert parfait des Ecritures de l'ancien & du nouveau Testament, qui attestent qu'un même Esprit les a dictées, & que Jesus-Christ en est la clef, le centre & la fin ; l'établissement de l'Eglise chrétienne, malgré le déchaînement des Juifs & l'opposition des Gentils ; les jugemens terribles que la vengeance divine exerce sur la nation meurtriere de son Fils ; le progrès surprenant & inespéré de l'Evangile dans tout l'univers, par la prédication de douze hommes simples & sans lettres ; le témoignage des Martyrs, dont le sang répandu par flots durant trois siecles entiers, rend, contre toute attente, l'Eglise féconde, & lui donne pour enfans les Rois & les peuples de la terre ; la sainteté de cette divine épouse de Jesus-Christ ; les vertus les plus sublimes qui éclatent dans une multitude innombrable de personnes de tout âge, de tout sexe, de tout état, de toute condition ; & qui attirant la vénération des peuples, leur font voir tout à la fois la puissance de Dieu sur les cœurs, la sainteté de la société qu'il a choisie pour opérer de si grandes choses dans son sein & par son ministere, & le bonheur de lui être uni ; enfin, la constance invariable & l'immobilité de l'Eglise bâtie sur la pierre au milieu des scandales & des tempêtes que lui suscitoient les portes de l'enfer au-dehors & au-dedans durant le cours des siecles : son unité ne souffre aucune atteinte des schismes qui déchirent son sein ; & la doctrine dont elle conserve le dépôt, est à la fin victorieuse de toutes les hérésies. C'est ainsi que tout concourt à prouver avec évidence la divinité d'une Religion & d'une société, qui n'ayant besoin d'aucun appui humain, se soutient par sa propre solidité, & est invincible à toute la violence & à toute la malice du démon & des hommes. Telle est, Mes très-chers Freres, la force admirable que notre sainte Religion tire de la réunion de tant de preuves ; & quiconque tente de briser cette chaîne, se brise lui-même nécessairement contre elle, & devient pour sa propre ruine une derniere preuve de la vérité de cette Religion : Dieu dans sa justice le livrant à une telle efficace d'erreur, qu'il se déshonore lui-même, & qu'il oublie tous les sentimens de sa propre nature pour se rendre semblable aux bêtes. *Tradidit illos Deus in reprobum sensum ut faciant ea quæ non conveniunt.* *Aux Rom. 1, 18.*

Mais cette même Religion, si puissante en preuves pour opérer la pleine conviction de l'esprit, & pour l'armer contre les attaques de l'incrédulité, a de plus un caractere qui la doit rendre infiniment chere & aimable au cœur, puisqu'elle a pour but de sauver l'homme, & de le conduire au vrai bonheur en le rendant agréable à Dieu. C'est une Religion bienfaisante & salutaire qui pourvoit à l'état & aux besoins de tous. En s'accommodant à la foiblesse des esprits les plus simples, elle a en même temps de quoi contenter les génies les plus élevés. Si elle est le lait des enfans, elle est aussi la nourriture substantielle des forts. Elle trouve l'homme dans la misere, & elle lui fait comprendre qu'elle est pleine de ressources pour l'en délivrer. Elle le trouve dans les ténebres, & elle lui présente la lumiere de la vie. Elle le trouve malade & percé des plaies mortelles que lui a faites la triple concupiſcence, & elle s'abbaiſſe juſqu'à lui avec cette tendre compaſſion qui porta le charitable Samaritain à ſecourir le bleſſé qui étoit ſur le chemin de Jérico. Enfin, elle fait ſentir à ſon cœur, que la piété eſt utile à tout, & que c'eſt à elle que les biens néceſſaires à la vie préſente & ceux de la vie future ont été promis.

Eſtimez donc autant que vous le devez, Mes très-chers Freres, le bonheur de connoître une Religion ſi grande & ſi ſalutaire. Inſtruiſez-vous-en de plus en plus, & appliquez-vous encore davantage à la pratiquer. Car ſelon la penſée d'un Sage, ſi c'eſt une folie de ne pas croire à l'Evangile, c'en eſt une encore plus grande d'y croire & de ne pas y conformer ſa vie. Plaignez en même temps le ſort de ceux qui ne la connoiſſent pas, & plus encore de ceux qui, après l'avoir connue, ont abandonné la voye de la vérité, pour ſuivre les égaremens de leur propre eſprit, & pour ſe livrer à la dépravation de leur cœur. Priez pour eux, & tremblez pour vous-mêmes. Car ce ſont là des exemples effrayans de la juſtice divine, qui ne punit jamais d'une maniere plus terrible l'ingratitude & l'orgueil des hommes, qu'en les abandonnant à un ſens réprouvé & à un aveuglement penal. Entrons donc tous, & Paſteurs & Fideles, dans les vûes dont notre Saint Pere le Pape eſt ſi vivement touché. Uniſſons-nous avec un ſaint concert par l'eſprit de pénitence & par un redoublement de prieres & de bonnes œuvres, pour demander à Dieu qu'il répande une meſure plus abondante de ſon eſprit ſur la perſonne de

Sa Sainteté, ſur l'Egliſe univerſelle, ſur Nous & ſur notre Dioceſe.

A CES CAUSES, après en avoir conferé avec nos vénérables Freres les Prevôt, Doyen, Chanoines & Chapitre de notre Egliſe Cathédrale, Nous avons ordonné ce qui ſuit.

ORDRE POUR LE JUBILÉ,

& ce qu'il faut faire pour le gagner.

I. L'Ouverture du Jubilé, qui, conformément à la Bulle, doit durer quinze jours, ſe fera le ſaint jour de la Pentecôte par une Proceſſion générale, ſuivie de la Meſſe ſolemnelle ; & il durera juſqu'au Dimanche dans l'Octave du Saint Sacrement dix-ſept Juin incluſivement. Nous déſignons pour unique Station dans la ville de Soiſſons, l'Egliſe Cathedrale ; & dans toutes les autres Villes, Bourgs & Villages de notre Dioceſe, l'Egliſe Paroiſſiale, c'eſt-à-dire, l'Egliſe où chaque Fidele eſt tenu de faire ſa communion paſchale. Les Religieux & les Religieuſes, les perſonnes qui demeurent dans l'intérieur des Monaſteres, & ceux qui demeurent dans les Hôtels-Dieu & Hôpitaux, ſoit à la ville ſoit à la campagne, auront leur Egliſe pour Station.

II. Pour gagner le Jubilé, on ſera obligé de faire les choſes preſcrites par la Bulle, & de les faire toutes pendant le cours de la même semaine. Savoir, 1°. Confesser tous ses péchés à un Prêtre approuvé de notre autorité, & communier. 2°. Faire quelque aumône aux pauvres chacun selon son pouvoir. Nous recommandons particulierement de faire l'aumône aux Hôtels-Dieu, Hôpitaux & Charités. 3°. Jeûner le Mercredi, le Vendredi & le Samedi. 4°. Visiter au moins une fois l'Eglise désignée pour Station, & y prier Dieu avec piété pendant quelque temps. Nous exhortons les Fideles de prier en particulier pour la Paix, pour le Roi, pour la Reine, Monseigneur le Dauphin, Madame la Dauphine & toute la Famille royale, pour notre Saint Pere le Pape & pour Nous.

III. Les Confesseurs par Nous approuvés pourront assigner un autre temps & d'autres œuvres de piété aux Malades, Prisonniers, & autres qui ont des empêchemens légitimes. Ils différeront aussi le Jubilé à ceux à qui ils auront été obligés de différer l'absolution.

IV. Pourront tous les Confesseurs approuvés de Nous, absoudre ceux qui se présenteront à eux, de tous Cas & Censures à nous reservées commuer les Vœux, à l'exception des Vœux solemnels & des Vœux de Religion & de chasteté perpétuelle, & exercer tous les autres pouvoirs spécifiés par notre Saint Pere le Pape dans sa Bulle.

En

En quoi ils auront ſoin d'uſer de diſcernement & de ſageſſe.

V. Conformément à ce qui eſt porté par la Bulle, aucun des Confeſſeurs, Curés, ou autres Supérieurs, ne pourra, en vertu du pouvoir accordé par cette Bulle, diſpenſer d'aucune irrégularité ni publique ni occulte, note d'infamie, défaut, incapacité ou inhabilité, de quelque maniere qu'elle ait été contractée, réhabiliter ceux qui l'auroient contractée, ou les remettre au premier état, même au for de la conſcience.

VI. Ne pourront participer aux graces & privileges accordés par la Bulle du Jubilé, ceux qui auront été excommuniés, ſuſpens, ou interdits par N. S. P. le Pape & le Siege apoſtolique, par Nous ou de notre autorité, ou par quelque autre Prélat ou Juge eccléſiaſtique, ou qui auront été en quelque autre maniere déclarés ou publiquement dénoncés avoir encouru des Sentences & des Cenſures, quand bien même leur nom n'y auroit pas été ſpécialement exprimé ; à moins que dans le terme des deux ſemaines du Jubilé, ils n'ayent ſatisfait, ou qu'ils ne ſe ſoient accordés avec leurs parties, ſuivant ce qui eſt porté par la Bulle.

VII. Ceux qui ſont en voyage, pourront gagner le Jubilé en viſitant après leur retour notre Egliſe Cathédrale, s'ils demeurent en cette ville, ou leur Egliſe paroiſſiale, s'ils demeurent à la campagne, faiſant le reſte des choſes ci-deſſus marquées.

Si mandons aux Doyens Ruraux de notre Dioceſe, de ſignifier à tous les Abbés, Prieurs, Curés, Supérieurs & Supérieures des Egliſes & Communautés de notre Dioceſe, & autres à qui il appartiendra, ſoi-diſant exempts & non exempts, qu'incontinent après avoir reçu la Bulle de notre Saint Pere le Pape & notre préſent Mandement, ils ayent à les publier ou faire publier dans leurs Egliſes, ſelon leur

www.ingramcontent.com/pod-product-compliance
Lightning Source LLC
LaVergne TN
LVHW052032160826
845678LV00003B/1300

9782329643991